# 천지의 바람소리

# 천지의 바람소리

초판인쇄 · 2016년 8월  2일
초판발행 · 2016년 8월 17일

지은이 | 도일 스님
펴낸이 | 서영애
펴낸곳 | 대양미디어

출판등록 2004년 11월 제 2-4058호
04559 서울시 중구 퇴계로45길 22-6(일호빌딩) 602호
전화 | (02)2276-0078
팩스 | (02)2267-7888

ISBN 978-89-92290-01-2 03810
값 15,000원

이 도서의 국립중앙도서관 출판예정도서목록(CIP)은 서지정보유통지원시스템 홈페이지
(http://seoji.nl.go.kr)와 국가자료공동목록시스템(http://www.nl.go.kr/kolisnet)에서
이용하실 수 있습니다.(CIP제어번호 : CIP2016018601  )

# 천지의 바람소리

## 도일 스님 첫 시집

대양미디어

# 책을 펴내며…

작은 토굴에서
스님들의 일상이 수행과 울력으로
가르침을 전하기도 하고
만공에 비친 헤아릴 수 없는
천지만물의 근원 속에
참 법문을 선시로 그리면서
이 글을 올립니다.

수행자의 본분에서 경전에 치우치지 않고
몸으로 가르침을 펴고자
땀 흘리고 농사짓는 모습과 수행하는 모습을
일상을 통해서 그렸습니다.
푸른 눈을 가진 운수납자이면서
내면속의 솔직함을 보이기도 하고
토굴에서 일어나는 경이로운 일들을
법문 형식으로 전했습니다.

내안에 일어난 깨달음을
깊은 내면의 울림으로 메아리를 남깁니다
명경 같은 마음속의 달빛
주인공으로 사유하면서
성사의 머무는 자리에
마음과 마음이 오고 가고…

벌들은 여유로이 저마다 상서로운
기운 품어 내는 작은 옹달샘 물가에
소금쟁이들 모여드는 진여의 세상…
천하 만물이 생사윤회의
근원속의 법을 전하고자 하는
소승의 마음을 모든 불자님과 함께
하고자 하는 바램입니다.

승과 속의 경계를 넘어서서
대승의 길을 가고자 함이지만
고정관념 속에 가리워진 어두운 면 또한
수행자로서 부끄러운 모습이 아닐는지요.
일원상 속에 드러난 부처님의
인연법을 전하고자 함이오니
소승 사부대중께 법의를 바칩니다…
고맙고 감사합니다.

2016년 7월

천지암에서 도일 스님

## | 차 례 |

### 제1부
# 가르침을 전하네

9

**제 3 부**

# 중생을 위한 서원…

**제5부**

# 나는 누구인가…

# 제1부

# 가르침을 전하네

# 무명을 깨우려하네

비는 밤을 새워 오구
하늘은 먹장구름 가득 하네…
칠흑 같은 어둠이 가라앉은 산사에
작은 촛불은 희미하구
반개한 수행자는
깊은 선정에 들었구나…
오늘밤은 풍경소리두 잠이 들구
밤새도 울어오지 아니 하네…
이 고요한 선상에서
그대는 무엇을 사유하시는가…?

뒤돌아보니 찰나의
순간이었네…
이 고요한 산사가 나의 무대이구
나와 함께한 반려자인 것을…
조명하는 시간이 없어도
본래의 자성 숨을 쉬구
깨침의 소리 들었네.
천산의 부처님 억억천천으루

나 투시는 모습을…!

꽃은 피어 만개하구
향기는 도량 가득 그윽한데
연등 빛 불 밝혀
님 오신 날 기리네…
종사의 법문이 무명에 가리어진
마음을 얼마나 깨울꼬…?
사람들은 수박의 겉모습만
보려 하는 구나…
이 잔잔한 고요에 누가
동참 하시려는가…!

# 가르침을 전하려 하네

어느 만큼 왔누…?
돌아갈 길을 잊었네…!
검은 쥐 흰쥐 밤낮없이
저 칡넝쿨 갈아대구
아래는 천 길 낭떠러지
내가 의지한 것이 무엇인가…?
돌아서 지나온 길 살피려니
해와 달만 쉼 없이 가고 오네…

빛바랜 가사장삼
그 안에서 천 천의 시간이 흘렀구나…
무상을 가득 채웠는데
사용처는 어디인고…?
서녘의 해는 붉은 노을 드리우구
노쇠한 이 몸뚱이
갈 길을 잊은 지 오래구나…
해가 기우니 달빛만 여여하네…!

밤이 깊어
소쩍새는 새벽까지 울구
외로운 수행자 홀로 가는 길에
그대가 새벽까지 목이 쉬도록
함께 울어 주는 구나…!
천지를 닮아가는
무심한 수행자
해 뜨고 달 지거든 법상에 오르리…

# 선자에게 가르침을 구하네

정신은 혼미하여
하루의 일을 알지 못하고
꿈속에선 온갖 잡 몽뿐이네…
저 돼지우리 속에 도야지처럼
하루의 삶을 그리 살뿐…!
지혜를 여는 그대는
어디에 있누…

동서남북 사방팔방이 아우성인데
천하 만물은 시절을 쫓아
온갖 물상을 내게 보여 오네…
시절의 연기 이토록 무심한데
저만치 오는 그대는
검은 도포를 입구
오늘의 일을 내게 물어오누…!

명경수 다기 올릴 적에
부처님 전 향 사르구

무엇을 간구 하려는가…?
오늘은 앞 들녘에
퇴비거름이나 줘야겠다.
사사불공이면 처처불생이라
들 가운데서 그님을 맞으리…

앞 논에 거름을 몇 포나 줄꼬…?
도인이 셋이나
제 각기 생각이 다르고
누구에게 길을 묻누…?
콩은 아직 심지를 않고
땅만 보고 길을 묻네.
그대여 내게 와서 일러주오.

# 천지암

물소리 정겨운
내가 숨 쉬는 공간
청룡백호가 옹호하고
천신이 화답하니 도량가득
도 아닌 것이 없구나…!

꽃잎은 때 아닌 광풍에 흩날려도
옹달샘 물가에
잔잔하니 꽃잎 차 되어
그리운 님을 맞으려 하네…!
무심이 도이런가?

삭발염의 하구
선정에 드니 온 천지가
무애가을 부르는구나!
도인이 머무는 경계에
그대여…!
오지 않으시려는가…?

산 벚나무 오늘에야 만개하니
파랑새는 나무위에서
환희의 노래를 불러오네.
천지의 불자여…!
이 산승의 은유의 소리
들리시는가…?

# 물외에 초연하니

마음에 빗장은 느슨해져
바람은 들구 날구
서릿발 같은 기상도 간곳이 없네…
화두는 이미 끊긴지 오래인데
밭 갈고 논두렁 매는 일로
하루가 가는구나…
무엇을 수행이라 하는가…?
해는 이미 저물어
혼미한 생각 속에 빠져 들구

천년을 기약해두
육신의 허물은 물상에 머무나니
도는 흐름에 따라
하루가 가고 오네…
몸소 모양이 없는 도를 보이건만
아무도 진여를 진여라
아니하네.
저 피리 부는 노인 한갓진데

그대는 어찌 나를 모르는가…?

물을 만나면 물이 되고
산을 만나면 산이 되어 떠도는데
남산의 명월은 아직도
소식을 전하려 아니하네…
선자여…!
무엇을 망설이누
이 깊은 설법을 천지로 전하고
받음인데
님은 소식이 없구나…

# 부처라 이름하네

명경 같은 마음을 얻고자
내안에 나를 맑혔네
때로는 산상에서 홀로
적멸에 들기도 하고
폭포수 아래서
좌선에 들기도 했지…

무엇을 얻었는가…?
지금은 부처 앞에선 졸고 있고
문밖 뜨락에 찾아온
봄을 만나서 노래하지
그 안에 부처가 있다고
눈을 번뜩인다네…

아시는가…!
대중이여 묻노니
무엇을 부처라 이름 하누…
금강경을 천만번 꿰어도

얻지 못한 법을
문밖에서 구했네…

대응전 벗나무 아래
좌 복을 펴고 가르침을 구하고
물가 가재 굴에서
용왕님을 친견했지…
내안의 나를 스승으로 인도하고
명경 같은 법을 얻었네…

# 어디에서 도를 물을 거나?

어디에서 도를 물을거나?
물과 바람과 산천경계가
모두 진여인데….
입으로 귀를 현혹하구
눈을 멀게 하니
가까이 두고두 서로
알아보지 못하는구나
깊게 드리워진 눈먼 세상
언제 스승을 알아볼꼬…?

맑고 청아한 님은
천지루 나투는데…
그대는 동토의 마음을
열수가 없네…
수 천생을 오구 간들
육도 윤회를 멈출 수가 없구나…!
누가 성사의 울림에
답하는가?

밤은 이미 깊은데
달빛만 적막하네…

현세의 도인은 무엇을
말하는가?
단상에 부처는 말이 없구
앵무새는 영악하기 가히 없다.
오늘 또다시 법을
허공에 묻고저 하네…
달빛 창가에 머물면
내 마음 그대를 찾아가리…

# 매화는 깨달음인데

밤새 서럽게 울어오던 바람두
작은 꽃망울 하나 피우구
또 다른 매화를 잠에서
깨우기 위해 어디론가 가구 있네…

나 역시 저 울어오는 바람 되어
그대의 내면을 깨우리니
천지의 소식에 귀 기울이는
벗이여…!

깊은 밤 추녀 끝으루
매화를 깨우기 위한 바람
그대에게 갈 것이니
염화는 얼마나 피우려는가…!

그대의 깊고 깊은 내면에
큰 울림을 주기 위해
모양두 없구 형체두 없이

찾아가려 하네….

추위 속에서 매화는 얼마나
지금의 시절을 기다렸누
매서운 칼바람 견뎌내며
오늘에야 그대는 피는구나….

# 염화여…!

대웅전 마당가에 쌓인 눈이
불어오는 훈풍에
눈물처럼 흥건히 젖어 오구…
꽁꽁 얼어붙었던 얼음 속으론
돌돌돌 소리를 내는구나
작은 물소리…
아…!
봄이 오구 있구나…!

용왕당 굴속에 겨울이면
개구리 동면을 하구
숨죽여 겨울을 나네…
이제 천지의 소식두
세상에
봄을 맞으려 문을 열어야지…
자연 속에 도를
염화에 담구
가르침을 벗님들께 펴구자 했네…

님은 산승이 전하는 말

아시려는가…?

우주법계에 새벽을 알리구저

은유와 깊은 사유루

법을 드러내건만…

아는지 모르는지

그대는 여태 소식이 없누…?

청산에서 님의 소식 오기만을

기다리네…

# 깊은 바다 저 멀리

깊은 바다 저 멀리루
등대불빛 희미하게 비춰 오구
바닷가 파도가 소리치는 밤
홀로 깨어있는 시간을 보내네…
머리위에는 만월이
허공가득 달빛을 보내 오구
자연을 벗 삼은 그대는
생각에 잠겨 무엇을 사색하는가…?

고요함과 번잡함 내 일상인데
오늘 또다시 법을 묻고저
깊은 밤바다와 마주하네…
명월은 깊이를 알 수 없는 명경 같고
산산이 부서지는 파도는
저 내면을 울리구두 남으리니…
울타리 넘어 찾아오는 번뇌는
오늘두 나를 힘들게 하는구나.

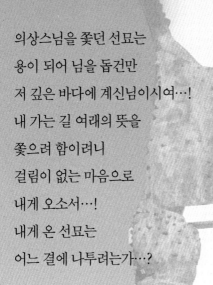

의상스님을 쫓던 선묘는
용이 되어 님을 돕건만
저 깊은 바다에 계신님이시여…!
내 가는 길 여래의 뜻을
쫓으려 함이려니
걸림이 없는 마음으로
내게 오소서…!
내게 온 선묘는
어느 결에 나투려는가…?

# 스승의 길목에서

어데서 왔다 어디로 가누…!
명경 같은 알음알이루두
다함이 없으니…
저 하늘가 흰 구름 온 곳이 어드메랴…
한세월 그 뜻을 쫓다보니
머리에 흰 구름 내리는 줄
이제야 알게 하네…!

서쪽의 바람
동녘으로 불어 온지 언제던가…?
달마조사 면벽으루 전해온 법
이제 그 물빛 청아함
어디에서 찾을거나…
천년의 고고한 자태만
요요하네…!

혜공스님 나툰길루
샘가에 앉았으나

청의동자 오구가질 아니하네…!
오늘 내게 스승의 전한 법을
천리루 전하오니
동녘에 또다시 달마가
춤을 추겠구나…

# 묘 법

그대여…!
지난 과거의 법에 얽매임이 없기를
지극히 자연스런 가운데
묘법이 오구 갈뿐…!

따로 이 마련된 법 없으니
그대와 내가 마주하면 천지의
조화 눈앞에 전게 되니
이것이 활법이구…!

자연은 오구감에 거침이 없으니
자세히 귀 기울여 마음에서
일어나는 경계를 헤아리면
시공은 이미 사라지네…!

과거의 글줄 따윈 이미 버린 지
오래이니 그저 남산에
구름 일면 비 올 줄 미리 알뿐…
묘법 또한 그리 하리…!

설산에 부처님 성도 하신
오늘에야 현상계에 나타난
모든 법이 그대가 얻고자 하는
묘법이니…

오조 홍인스님 전해 온 법
육조 혜능스님 방아 찧다 받음일세…!
이것이 님이 알고자 하는
법이 아닐런지…

# 제 2 부

# 길을 묻는 그대에게…

# 출가의 자리에 서서…

저 울어오는 매미소리
허공가득 매우구두 남네…!
잠시 머물다 가는 짧은 찰나 이런만
너는 애절히두 우는구나…
무엇이 법음인가…?
깨치지도 못하는 것을
내 허물이 너무 많아
삼생의 업 식 마저 끊지 못함이네…!

부끄러운 생의 순간들
너무두 많았다네…
천산 깊은 곳 내사는 곳 있다하나
어찌 속연을 잊으리오…!
과거 속에 내가 있구
현재의 이 마음 소리를 내는구나…
천지에 귀 기울이구
세상사를 잊기루 했네!

물과 바람같이 유유자적 하려하나
내겐 너무두 걸림이 되는구나…
저 짧은 시간에 허울이 다하도록
울어오는 매미처럼
오늘 내가 그대에게 무엇을 전 하리요…
내 머무는 동안에
중생을 위한 가르침
펼칠 수 있으련지…?

# 먼 곳에서 달려온 그대에게

달은 구름에 걸리우구.
희미하게 여명이 밝아오네…
아직 날이 새려면 한참이나
남았는데 남산에 저 뻐꾸기 소리는
성질 급한 새악시처럼
울어오네
무엇이 저리두 다급한지….

너마저 무슨 사연 있으련가…?
오늘따라 울어오는 곡절이
여유가 없구나.
먼 길 달려온 그대는 지금쯤
편안함에 들었는가…
한 번의 만남에 너무 깊은
내면의 세계 체험하구…?

힘들어 하지는 않으련지…
깨어있는 의식은 처처에

드러나는 지혜의 소식에
숨가빠하구 과거 생에 지은
전생의 업력을 알게 하네…!
그대의 영혼에 깊은 깨우침
일기를 기도하리…

## 연등불 올립니다…

하나 둘씩 고운 등
법당위로 피어 날 제
저마다 간절한 원 세우나니
원컨대 사바의 인연 다 할 때까지
무량공덕 나타나게 하소서…!

내가 세운 서원
불 밝히어 지혜의 종자
끊어지지 않게 하옵시며
생사 간에 걸림이 되지
않게 하옵소서…!

이것이 내가 세운 서원이니
모두가 성불하여지이다.
일체중생이 부처님오신 날
함께하는 인연되길
기도 올립니다…( )…

# 님 아 …!

차곡차곡 쌓인 눈물
그대의 눈물인지…?
아님 내 눈물인지…
달은 저만치 가구 있네.
구름에 가리운 채
서럽게 혼자 산등성이 올라타구
온통 설움에
힘겨워 하는구나…!

홀로 가는 길
왜 울어야 하누…
그리움은 천산에 가득한데
그대를 부를 수가 없구나.
내가 머물 허공은 슬프기만 하구
눈물은 곡절이 없네…
누가 나를 알아줄거나…!

오늘 바라보는 저 달이
그대의 마음이라면
나또한 가슴으로 흐른 눈물
비가 되어 흐르리…
그리운 사람아…!
그리운 사람아…!
언제 또다시 얼굴 마주할런지
기약 두 없구나…

# 봄비 가득한 날에…

깊은 잠속에 그대는
사랑 가득한
연인의 속삭임에 잠이 깨구
영롱한 구슬
그대 입술에 미소 짖네…
저 입술 이미 사랑으로 가득한데
나는 꿈속에 있네.
신비로움 가득한 님아…!
눈가에 해맑은 환희심은
연둣빛 사랑 머금는구나

고요한 이 산사에
그대는 누구시길래
비와 함께 찾아오누…!
설렘은 온 도량 가득하구
먼 산 운무두
님을 아래다 두구
그대를 그리워하네…!

물은 감탕물 되어
소리를 내는데 어찌 마음은
홀로 청산인가…?

저마다 아름다움 간직한 채
작은 뜨락에서
바위시렁 작은 음지까지
연둣빛 피어나려 하는구나!
버들은 더욱 금슬대구
동박나무 노란 꽃술은
터질듯 부푼데
사랑하는 님아…!
멀리서 그리워만 하는구나….

# 길을 묻는 그대에게…

하늘은 먹장구름 가득하구
밤은 이미 깊이를 알 수없는
적멸로 향하는데
찾고자 하는 마음
어디에 있누?

촛불은 무명을 밝히는데
마음 바른 수행자
명상에 드네…
무엇을 얻고자 함일런지
그대는 아시는가…?

오늘 길을 묻는 그대에게
명경같이 바른 법
처처루 설하련만…
저 하늘 기러기만 소리높이
울어오네.

어이타 빈 허공만

헤아리려 하려는가…?

메아리두 이미 먼 산을 돌아

들려오지 않는 구나

외롭다 어이하리…

# 출 가…

만법을 얻고자
그대는 긴 시간을 돌았구나
낙동강 물줄기 태백에서
샘솟아 저 너른 대해까지
얼마나 걸리겠누…?

가는 길 돌구 돌아
낮밤을 모였다 흩어지구
또 멀어지니 사십육 년 세월이
무상하기만 하네…
출가란 무엇인가…?

홀로 우뚝 선 세상
내안에 만법이 숨을 쉬구
가지가지 현상이 가르침을
일으키면 그대 내면에
주인공이 나투리니….

이미 선근을 닦아온 그대가
해야 할 일은 마음 안 밖을
명경같이 닦는 일이라네
명문가의 일은 모르지만
천지의 소식 우주에 가득하리…

그대여!
세상의 삿된 일일랑 잊으시게…
오직 님을 위한
온전한 사랑으로 거듭나길
기도하네.

# 사랑하는 그대여…!

만약 그대의 배우자가 세상에
우뚝 서기를 바란다면
작은 가슴으로 품지마라.
대지의 어머니처럼
숨 쉬게 하라…!

더 높이 비상하려면 그대의
격려와 사랑이 필요할 뿐
흐르는 물을 가두려 하지마라.
나 또한 그를 품어야 한다면
큰 바다와 같이하라.

사랑하는 사람아…!
큰 뜻을 쫓는 사람에겐
넘어야 할 태산이 많나니
내가 태산이 되어야 하겠는가…?
스스럼없이 날수 있도록
과감히 빗장을 열어라.

이것이 제왕을 만드는
그대의 비결이니.
소유에서 벗어나 동반자의
길을 가길 바람이네.
이리하면 큰 꿈을 이루리…!

## 부처의 안목…

법당에 흰 백설기 올려놨네.
주변에 향 내음 그윽하니
청정하지 아니한가…?

흰옷 입은 님이시여…!
조석으로 예 갖추구
만법을 청할 적에

어느 결에 님은 내안에
주인공이 되었구나…!
이것이 나인가 그대인가…?

대중이여 묻노니
보구 듣지 아니 해두 인과의
알음알이 내게 오면

무상법문 펼쳐지고
처처에 현신으로 보여 오네…

마음으로 전해온 법

그대는 뭐라 해야 하누…?
화두는 이 안에서 논하리니
백 생을 닦아온 그대들이여…!

# 목자의 길…

소크라테스의 위대함 뒤에
악처로 이름을 날린 여인…
얼마나 훌륭하기에
악녀의 구정물을 뒤집어
쓰면서까지 구름같이
모였겠는가…?

백설이 만곤건할제
홀로 독야청청하리라…
했던 절개두
상에 머무니 바람에 흔들리는
갈대 같구나…!
그대는 아시는가…?

만물을 스승으루 삶구
진여의 본질을 꿰뚫는다 해두
내 옆에 길을 나란히 같이할
그대는 어디 있누…?

지금의 부처는 모양새루
치우치구…!

대중이여…!
흔들림 없는 마음을 내게
가져오길 바램이네…
스승의 옆자리 어찌
따스함만 있겠는가…?
저 푸른 소나무의 절개를 기다리네.

# 관음재일을 맞으며…

스무나흘 달이 구름 속에
잠시 머물다 사라지구
흰 구름 어디루 가는지…
하늘에 구름두 바쁘기만 하누…!
오늘이 관음재일이네.

저 허공으로 줄을 놓는 이여…!
아직두 말이 없으시니
남순 동자두 떠가는
구름만 바라 보구…
언제까지 그리하오리까…?

걸망하나 짊어진 채루
예까지 왔으련만
모두가 글줄에 메였으니
또다시 서녘의 붉은 노을
노승을 기다리네…!

그대여…!
아시는가…?
군무를 추는 나비의 상서로움을
천하 만물은 소리를 내구
그대오기만 기다리네…!

# 태평양을 넘어서서…


넓은 세상
작은 틀을 넘어서서
전하구 받음이
느낌으로 다가오네…!

오직 흔들림 없는
길을 가리…
태양이 뜨고 지는 곳에서
내 이름 알리구저
오늘 이 길을 가네.

목표를 세웠으니
어딘들 아니 통하겠는가?
바람 가는 곳
진여가 피어나리니….

생명의 온기 다하는 날까지
그대 이름을 부르리라…
어디서 무엇을 하든
성사의 가르침을 쫓으리…!

# 지혜의 길을 열어가리…

작은 울림 하나가
천지에 소리를 내네.
아무두 그대의 존재를…
붓다루 눈여겨 보려하지 않지만
내안의 가르침들은…
천지루 녹아들구
흰 소의 울음소리…
그대의 깊은 잠을 깨우리….

무엇으로 가르침을 줄거나?
저 피안으로 가는 길…
무소부재라 했거늘…
내안에 마르지 않는 샘물 있어
모두가 마시구두 남음이 있네…!
오직 길을 묻는 그대에게
명경같이 나투리니…

모두는 경전의 알음알이를
글속에서 깨우치나

성사의 몸을 받은 이는
마음에서 샘물같이 솟아나리…
이제 천지의 문 활짝 열어
그대들을 맞으리니…
스승에 근기루 구름같이
모이소서…!

# 제3부

# 중생을 위한 서원…

# 희망을 전해주렴…

드넓은 창공에 너의 날개를
마음 껏 펼쳐보렴
아이야…!

새해란다
꿈꾸는 세상에 첫발을 내딛는
선녀의 몸짓으로
너의 모습 보여주지 않으련…

나두 몹시 두근거린단다.
큰 세상을 무대루…

신선한 초록빛 아름다움을
너의 몸으로 보여주렴.
아이야…!

아무두 네가 온줄 모르는데
어찌 전해야 하지…?

파랑새는 이미 심장맥박
사이사이로 희망을
전하는데….

아이야…!
어둠 저편으로 새벽의
희망을 전해보지 않으련…

# 법이여…!

법이여! 이 자리에 나투소서…
나무는 물색이 푸르지만
계절은 겨울을 맞네…
천수관음 이 자리에 얼마나 계셨을꼬…?
용서와 화합을 꿈꾸지만
그대는 나를 얼마나 아시려는지…

천지암 뜨락에 소나무…
이곳에 뿌리 내린다면
류가 다르다 하겠는가…?
오직 님을 위한 길이기에
처처로 향한 법음…
근기에 맞게 설하리니…

그대여…!
마음 한 자락 내게 오소서…!
오직 불성이 있고 없구는
내면의 갈망하는 법의 전율뿐….

그대 머무는 곳에서
연화를 꽃피우리….

마음 따뜻한 이여…!
뜻이 여여 하다면
초전법륜 펼치는 자리에
그대를 부르리니…
빈 마음으로 내게 오소서…!

# 천지암 월동나기…

천지암 올겨울 난방 이렇게 준비했네…
멀리 전남 영암에서 한달음에
달려와 준 찬형 처사
엔진 톱으로 한 아름이 넘는 나무두
단번에 싹둑…

고맙고 감사한 마음뿐이네…
나무꾼 모습 감추고
열심히 울력으로
오후에는 배추 수확으로…
진이 다 빠졌지만
기분은 왠지 넘 좋다…‥

배추농사 사연두 많았지만
오늘 지관스님 택시 처사님
내외분두 울력 도우시구
몸살은 안하실런지….
너무 고맙습니다!
…( )…

# 깊은 밤 바람소리 요란한데…

밤새 문풍지 사이루
얼음 같은 칼바람 찾아 오구
풍경은 새벽까지
울어오네…!

잠은 일찍이 달아나구
방안에 초불 밝혀 보지만
이 시간 나와 벗할 이
아무두 없구나…

이맘때면 찾아오는 부엉이두
어제 밤엔 열반에 들었는가…?
바람소리만 요란하게
천지루 소리를 내네.

아직 김장두 못했는데
법당 앞에 뽑아놓은 배추
얼지는 않을는지…?

가까운 벗님네들 기다려지네…

천지암 김장은 어찌할꼬…?
그대들 부르면 오시려는가…?
멀리 있는 벗님네들이여…!

# 무상법문을 설 하구…

극락정토에 이르는 길이
예서 몇 리 던가…?
마음은 이미 극락인데
거리루는 어느만큼 가야 하누…
모두가 길 떠난 나그네인데
어느 결에 닿을꼬…?
흰 보자기에 세월의 무게
서리서리 담아 봐도
팔만사천 법을 거두기가 힘이 드네…

무상한 이 몸
간간히 이끼가 끼어
청아하지 아니한데
법은 천리루 줄을 놓구
혜자의 명성만 얻는구나…!
티베트의 성자가 묘법을 전할 때에
우주의 티끌까지 발광하구
불목하니 입으루
오도송을 노래하네…!

무애의 법에는
거침이 없으니
실상에 나타나고 멸하는 법….
이 도리를 아시는가…?
무얼 구하고저 법의를 걸칠거나…
현자의 뜻을 쫓는 이여
사방이 부처요
팔방으로 묘법의 나 틈이네…!

# 청운 한 자락 줄을 놓다…!

나 이제 천리루 줄을 놓구
만리루 길을 여네….
잿빛구름 끝도 없이
펼쳐지구 걸망하나
짊어진 내 모습
창공 속 운무에 가리어라….

설산에서 오신 그 뜻을
가는 곳마다 꽃 피울 제
동서루 열린 마음에는
지혜의 마음 간절하네…
석승의 주장자 무정설법
걸림이 되겠는가…?

푸른 법의 남루하나
청하는 처처마다
활법으루 가득한데….

선자의 무정설법
출세간을 넘나 들구
운무는 눈 아래 펼쳐지네…!

# 중생을 위한 서원…

뜨거운 태양을 몸으로
받아 내구 여름내 들녘에서
소리 없이….
너는 그렇게 가을을 맞았구나.

투정한번 안 부리고
너의 본분을 지켜온 그대가
아름다운 건….
모두를 위한 보시가 아닐 런지…!

이 한 몸 세상에 태어나
불꽃같이 살다가
누구를 위한 보시를 할꼬…?
저 흰 쌀밥처럼…

배고픈 그대를 위해

나또한 지극한 원세우리니…

그대여! 마음 한 자락

내게 오소서!

# 태백산기도 영성을 얻고…

마음을 쉬러왔네…
발길 머무는 곳마다
천년의 신비 감싸 안구
앉는 곳마다 도량이네…

내면의 깊은 곳에서
하나의 바다를 이루구
님과의 대화
깊이를 헤아릴 수 없구나…!

오직 마음으로 오구 가니
이법을 뉘라서 같이할꼬…?
하늘은 맑구
가을빛 청아하네…

중생을 위한 서원 세우리니
그대여…!
저 천산의 지혜로
내게 오소서…

만산을 품은 님에 자애로움

태백산 천제 단에서

큰 울림으루 내게 오네…!

적적요요 본 자연…

# 만추의 계절에…

여름내 들녘으루
소슬바람 불어와 알알이 너는
그렇게 서리서리 맺혔구나…
비를 기다리다 밤 깊어
농부는 잠이 들구

배추밭 옆에 사이사이
빈자리 채워가며
누렇게 콩깍지 덮어 쓰구
그렇게 서있는 그대 모습
어찌 그리두 안쓰러운지…!

콩은 서 말이나 나올 런지…?
부끄러운 농사꾼
그래두 밀짚모자는 덮어쓰구
흉내는 내는구나…!
곡절을 모르는 님들은
콩 수확하기만 기다리네…!

어찌할꼬…?

내년에는 올 보다는 나을런지….

만추의 계절에 빈 지게만

짊어지구 허탈한 농사꾼

허공만 바라보네…!

# 오십육 년의 시절…

오십육 년 세월
길기두 하구나…!
비 오구 바람불구 눈보라 몰아치니
어느 날이 잔잔하랴….
사대가 만상을 품으리니
잘 익은 가을을 닮아가네….

몸에서 도인의 풍모는
일어나나…
천지는 그대를 한 물색으로
보지를 않는구나….
앞산에 가을빛 곱기두 한데
높이 나는 저 기러기
허허롭기만 하네…!

저 소나무 귀신아…!
내 나이가 몇이던고…?
너는 나를 지켜본지 오래 것만

묵언하는 수좌를 닮았구나…!
오늘이 가구나면
소나무 물색두 바래려나…?

# 먼 과거의 지혜동자 앞을 서구…

그대 오기 전에 이미
그대의 알음알이 내게 오네…
먼 과거의 지혜동자
앞을 서구
저 시공을 넘어 달려온 그대는
내게 호소하련만…
귀먹은 님은 알 길이 없네…!

무릇 범부는
나타난 현상만 치우치니
어찌 알릴거나…?
힘들고 지친 것만
내게…!
님은 호소만하네
가자 동녘으로….
눈으로 보이는 모든 사물이
헛것이니…

물길이 열리려면
어느 세월 기다리누….
제도하구 제도하지 못함은
능력 밖의 일이라네
저기 들어오는 저 망자
아픔만 호소하구
님은 귀 먹구 눈멀어
이 일을 어찌할꼬…?

# 가을 방생…

칠흑 같은 어둠이
분별력까지 잃었구나…!
바닷물소리 바위로 수없이
밀려오고 생사를 떠난
무정들이 허연 포말만
일으키고 사라지네…

지평선 멀리 오징어잡이 배
불빛이 희미하고
지나는 길손마저 없구나…!
들리는 소리는 파도 소리뿐
깨침의 시간인데…
오구감이 없네…!

외롭다
어디에다 마음을 열꼬…?
중생을 열반으로
인도 하구져

먹물 옷 걸쳤건만
사물마다 걸림이 되네…

물외에 나타난 현상들이
그저 범부에 일상이니…
내가 그대와 무엇이 다르겠누…?
청하는 신명이여…!
위신력으루 내게 임 하사
육도 중생을 제도하게 하소서…!

# 누가 새벽을 깨우려는가…?


누가 새벽의 주인공이 되려는가…?
깊은 사유 어둠을 밀쳐 내구
환희심 처처에 가득한데…
팔만사천 마디마디는
알음알이루 가득하네.

저 광야를 달려온 수사슴처럼
희망의 열기로 가득할 제…
무엇이 걸림이 되겠는가…?
터럭 끝까지 전율이 일어나고
티끌 하나에두 지혜를 여네…

새벽별 머리위에
명경같이 비춰 오구
대천세계에 오구감이 자제하네…!
벙어리 동자 앞을 세워
알고알지 못하는 경계로 들어서리…

누가 성사의 울림에 답하는가…
잠든 새벽녘 소 울음소리루
천지에 가득한데…
아무두 고요를 깨우지 못하네…!
요석 공주두 알지 못하리…

# 제 4 부

# 천지로 날아오르는 꿈…

# 스무날 달빛이 왜 이리두 밝누…!

스무날 달빛이 왜 이리두 밝누…!
내 마음 비춰보니
그대루 명경 같네…!
누가 달이구 누가 내 일런고…
이 시절 가구나면 또다시
무명을 밝힐 명경 같은 그대
오시려는가…?

오늘 저 중천에 떠있는
명월은 티끌이 없네…
저 홀로 그리 되지는 못하련만
청아한 허공에
맑은 기운 모여오니
명경만 드러나네….
오늘 같은 날
몇 날이나 있을꼬…?

아직두 어둠속에 끼어든
순수하지 못한 티끌들
저 달 기울기만 기다리네…!
세상은 어찌
저리두 시끄럽누…
내 머문 자리 혹여 티끌은
끼지 않았는가…?
깊이 사유할 일이로다…!

# 가르침의 소리…

밤바람이 차다
새벽에 부처님 전 향사르구
예경두 없이 앉았네…

왜 이리두 편안하누…!
깊은 사유 아니라두 명상은
이미 내 앞에 펼쳐지구

내가 가진 지식은 물리를 떠나
우주에 가득한데 한 생각 일어나니
가지가지 현상이 펼쳐지네…

일이 일어나기 전
이미 만물이 요동치는 현상을
그대는 보았는가…?

두두 물물이 진여인데…
어디에서 무엇을 찾을고
물리를 트구나면

현상계에 나타난 모든 법이
그대루 가르침인 것을…
희유하구 희유하네!

고요한 내 경계에
찾아온 그대는 누구신가…?
아시는가…? 이 경계를…

길을 묻는 그대에게
문을 열구 마중한지 오래거늘…
누가 알거나…?

소 울음소리 천하를
진동해두 하 소란하니
소식을 들을 이 없네…!

# 천지로 날아오르는 꿈…

꽃잎에 앉은 나비
계절을 시샘하듯
그리 앉은 지 오래이네…
너는 시절을 잊었구나!
바람 불면 우수수 낙엽으로
계절을 알리구
떨어진 알밤들이
깊은 가을을 전하는데…
그대의 화려한 날갯짓
추위에 어찌하누…?

시절은 날개의 꿈을
잊으려 하구…
알아주지 못하는 창공은
또다시 새로움을 준비하네.
저 가련한 나비
너는 누구고…?
나는 누구인가…?

허공을 한 무대루
시절을 만났다면
그대는 선녀춤을 추었으리…

아쉽구나…!
꿈에서 만나거든
내 그대를 품에 안을거나…!
무심한 천지는
나를 반기지 아니하네…!
어느 세월 만날꼬…?
무지개 허공 가득한 어느 날에
나 또한 나비되어
그대 위한
선녀춤을 추려하네…

## 가을을 내님에게 보냅니다…

가을을 내님에게 보냅니다.
따뜻한 정하나 보자기에 싸서
사랑하는 그대에게…!
이렇게 마음하나 전합니다.

올해엔 흔하디흔한 도토리두
줍기가 싫어 그냥 돌아서
빈 걸망만 매구 왔습니다.
왜냐하면…?

마음이 가을을 타나봅니다
회색빛 깊은 속에두
엷은 가을 색 닮은
마음하나 있거든요…!

잠자리는 허공을 맴을 돌고
억새 숲 바람 따라 일렁입니다.
누가 나를 수행자
아니라 해두 좋습니다…!

마음은 한결같길 원하나
시절은 사계가 오구 가니
물색 또한 가을이 오나 봅니다.
엷은 가을을 닮은 입새처럼…!

# 아침 명상…

저 촛불 낮에두 밝네…!
향로엔 소리 없는 연기가
피어 오르구
한갓진 아침공기가 맑다

누가 이 자리 오려는가…?
고요하구 맑으면
삼계의 소리 들릴 줄 알았는데…
귀먹은 장님이 삼계를 노래하네…!

이 안에서 천하를 보려하니
여의주 물고 온 그대가
지혜를 더하려 하는구나…!
맑은 물 쉼 없이 흘러나구

간간히 법계의 소통 일어나니
천지의 소식
이로써 알림이네…!
누가 나를 안다 하겠는가…?

성자의 자리에 주인이여…!
보이지 않는 경계에서
이루어진 진여의 실상을
알리고자 함이려니…

보리매미 머리 위에서 울어 오구
청개구리 비를 부르는
소리 요란하네…!
깊고 깊은 게송은 천지에 가득한데
들어 줄 이 그 누구인가…?

# 나는 누구인가…?


그대는 무엇을
수행이라 하는가…?
깊은 명상에 들어서두
오욕은 숨을 쉬리…


성현의 긍지루
주장자를 들지만
그 안에
회색만 있지 아니하네…!


바른 정견 이뤘는가…?
그대 스승이여…
천하 만물이
님을 칭송한다 해두
내겐 지금의 물상에 치우치니

오직
길 없는 길을 가려하네…
허공 속에 지혜를 꿰뚫는
법을 물을지언정
과거의 얽매임에 허비할
시간 내겐 없다네…

## 도의 흐름…

어찌 환희심만 있으랴…?
내가는 길…
슬픈 노루의 울음소리처럼
어두운 장막 속에서
신음하는 힘겨움을
감추기만 했네…

누가 이 소식 알꼬…?
마음을 꼭꼭 동여 맨 채
긴 겨울 좌표를 잃고
얼마나 표류 했누…
감춰진 마음 이제는
내려놓으려 하니…
받으소서…!

영명한 마음 소진 될 때까지
그대의 벗되어
법의마음 전하리니…!

산 문밖 춘하추동이
사라지구 멸함을 반복하네…!
그 안에 피구 지는 염화여…!
받을 이 그 누구인가…?

## 독야청청 하리라…

산비둘기 울음 우는 아침을
이름 모를 새와 함께
미궁속인 나의 자성을 깨우려 하는구나…
하늘은 청명하구 동녘으루
붉은빛 서서히 물결치네…
더위에 나뭇잎마저
힘들어 하구
숨을 헐떡인다…!

저 푸른 소나무
지금은 그리 드러나지 않지만
여름이 가구 겨울이 오면
푸른 절개 무리 중에 으뜸이니…
누가 이 창해의 주인인가…?
그대의 기상
시절이 변한 뒤에 아네…!

지금은 모두 푸른빛 띄우지만

백설한풍 불어올 제
청정한 수행의 모습
그대에게서 나투리니…
만상이 귀의하구
또 귀의하리…
그때에 저 홀로 독야청청 하리라…!

# 침묵의 강을 바라보면서…

모두가 떠나간 빈자리…
적막만이 감도네
어느 자리에 내가 있어야 하누…!
삼라만상을 다 품어 봐두
늘 내 자리는 빈자리네…!

오늘은 촛불마저 없는 공간에
가부좌를 틀구 반개한 눈으루
고요를 쫓다 보니
나를 채찍질 하던 그대가
그립구나…!

어디쯤 가구 있는 건지…
저 돌아올 수 없는 침묵의 강을
그대도 나도 걷구 있구나…!
애틋함은 그대론데
바라보는 마음은 천리 먼 길이네.

무어라 말을 하리…!
말은 없지만 뜻은 같지 아니한가…
큰길 나서려 내려놓은
그 마음 아픔만 전해오네…
그늘진 그 자리 그대 있어.


저 먼 곳에 백합꽃 같구나…!
이 향기 머금을 제
천지에 당신 뜻 알리리니…
두 눈에 고인 눈물
오도송으로 피어나리…

# 일원상에 모두를 담구…

문 앞엔 봉선화 꽃 피어나구
뜨락 한 자락엔 포도 알이
굵어지네…!

벌통 앞 언덕에는
영지란 놈 고개를 내밀구
옥수수수염이 붉어지네…!

우리 언제 모여
이야기꽃 피워볼꼬…?
가마솥엔 옥수수 삶구

저녁엔 마당가에
넓은 돗자리 펼쳐놓구
거리 없는 친구 되어 정담 나눌거나…?

허울일랑 벗은 지 오래 것만
나랑 같이할 친구는 어디 있누…?
내가 꿈꾸는 세상 이러한데…

너무두 걸림이 되는구나…
머리는 청정히 맑히는데
벗은 나를 몰라라 하네…

우리 그런 세상 열자…!
너와 내가 이념두 사상두 벗구
한울타리 만들어 기쁨 가득한 집에

번뇌두 벗구 탐 진 치에
끄달리지 않았으면 좋겠네…
우리 오롯이 정담 나누며
그리 살자…!

# 백중 영가제 망자를 위한 법문…

오늘 유주무주의 영가님들…
무명업식 벗어나서
해탈의 법문 들으소서…!

내 귀루 듣구 마음으루 헤아려
일체의 경계 벗어나면
인과의 끈들 놓으리니…

저기 영단에 오른 영가시어…!
이제 누구의 몸을 빌려
나투려는 생각 마르시구…

허공 가득 들려오는 법음으루
과거생의 천만가지 번뇌
녹이소서…!

오늘 이 자리에 올 자손
아무두 없으리니…
누가 열반 송을 부를거나…?

선승의 소리 없는 가르침이
오늘 그대와 나의 자리라네…!
부디 천지 만물루 회향하길 기도하리.


한마디 말루 백 천 가지
서러움 벗으리니
오고가는 경계 녹아지이다…!

# 한세월 그리 살았어라

한세월 그리 살았어라…
문풍지 바람소리 들으며
긴 밤을 꼬박 새우기두 했구
누에고치처럼 입정에
들어 요지부동의
세월을 살기두 하였지…

산문 밖 춘하추동이
몇 번이나 바뀌던지…
내 안의 나를 찾아서
깊은 사고에 잠겼었네…!
백설은 간간이 찾아 오구
노을빛은 서녘으로 향했어라…!

나를 보구 찾는 이여…!
무엇을 도라 이름 하는가…?
근엄하지두 못한 것을…
모양새는 남루하여
도인의 풍모는 어디에 두 없네…!

그대여 차 한 잔 하시게나…

세상사 들을 일이거든
눈 밝은 스승 네 줄을 서구
청산에 나그네가
한가히 피리를 불려하네…!
누가 나와 함께 하겠는가
고요한 이 청산에…

# 제 5 부

# 나는 누구인가…

# 비온 뒤…

아침 운무가 산허리를 휘 감구
굴뚝에선 연기와 운무가
묘한 선을 이루네…

옛날 초가집 아니래두
동심은 벌써
기억 저편을 더듬는다…

아침이면 꿩 소리
이산저산 메아리 지구
들 가에 농부 바쁘기만 하였는데…

처연하게 내려앉은
이 고요함 속에
옹달샘 우물가에 물이 맑다.

오늘은 신선처럼
마주앉아 차나 마시련다.
잘 우린 멋스러운 자태

그대 아시는가…?
골 깊은 천지암을
도량 가득 향냄새 피어나구…

작은 스님 염불소리
고적한 산사를 장엄하게
드리우네…

마음은 잔잔하구
깊은 내면 일깨우면 부처두
내안에서 숨을 쉬리…

# 성도사 정랑을 아시나요…?

정랑 안에서
가만히 앉아 바깥세상을
봅니다.

녹슬어 아무 쓸모두
없을 법한
양철 지붕하나

그 속에서 어린 날의 기억들이
뇌리를 스칠 때면
몹시도 그리움 가득한데…

돌아갈 수 없는
지난날이
나를 아프게 합니다.

정랑 밖의 세상은
아직도 옛 모습
그대로인데…

철없던 마음만
훌쩍 커버렸네요.
작은 정랑 안에서

잠시 그때의 기억들로
허기진 마음을
채우곤 합니다.

초파일 연등 몇 개
길가에 장식하구
찾는 길손마저 없는…

누가 아시나요…?
절집에 작은 수행자
벌치기에 바쁘구…

# 수월관음…

남산 산머리에
새벽달 걸려있구
연등은 도량가득 불 밝히네.
너와 나는
많이도 닮았구나…!
말없이 바라보는 긴 세월…
주고받은 대화 얼마인가…?

대상이야 어떻던
나는 그대와 사랑을 하였구나.
모진 세월 내게 와서
나를 품고 위로해준 그대가
수월관음 아닐 런지…!
오늘 내게 법계의 가르침을
지혜로써 터득하구

오롯이 자애로운 눈길을
내게 보내오네.

어찌 사랑하지 않으리
이 한 몸 서녘으루
갈 때까지 그대를 위해 살려하네
가슴깊이 그대를 생각하리…

# 용왕당 물속에…

용왕당 물속에선
도롱뇽이 헤엄치구
물은 쉼 없이 졸졸졸
소리를 내는구나…!

천지는 이미 잠에서 깨구
저 수정 같은 물속에는
서로가 서로를 그리워
사랑을 하네…

이 신비한 천지에
변화의 바람이
기운을 몰구 오구 또다시
너는 생명을 품는구나…

물은 맑아 네 모습 드러나니
거짓 없는 순수가
진여의 세상일세…!

티끌 같은 무명 속에
그대는 무엇이라 말을 할꼬…

음과 양이 돌구 돌아
끝두 없이 윤회하네…
우수가 낼 모랜데
봄은 우물 밑에 소리를 내는구나…!

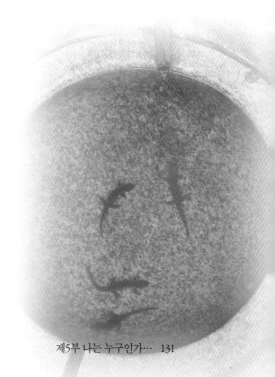

# 그리운 나의 어머님…

어디에 계실거나…
청산은 높기만 한데
어느 하늘아래
어머니…!
광목저고리 고운 모습
볼 수 있을는지….

꿈에는 한 번씩 보이련만
베갯잇 적시는 날…
그리운 나의 어머님 오시었네.
오늘 살구꽃 만발한 날
더 없이 그립구나…

절간에 수행자 되어
어머니를 업구…
명산대찰을 두루 구경시켜 드렸지.
사월의 하늘은 곱기만 한데
마음은 시리기만 하네…

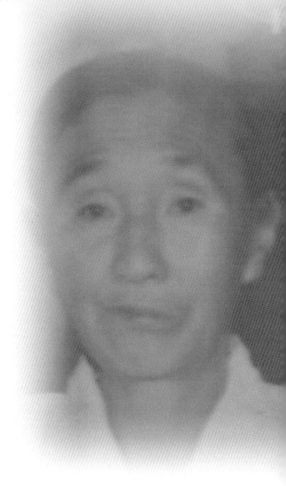

살아생전 남겨진 모습

보고 싶어

한컷에 저장하고

옛일을 생각하니

흐르는 눈물 앞을 가리는구나…

# 희망을 꿈꾸며…

또다시 동녘으로
붉은빛 몰구 오구
시절은 희망을 안구 오네.
이제 내 가슴에두
열정 하나쯤 키워보자…!

꽁꽁 동여맨 채
살아온 세월
빗장 문을 열구
저 희망 가득한 시간들루
그대를 맞으려하네…

봄 향기 뜨락에 가득할 제
내 연인두 싱그런
아침을 같이 하려는가…?
연하디 연한 모습으루
움을 티우구

봄 처녀의 속삭임처럼
연둣빛으루
내게 다가오겠지
천지가 초록빛으루
물들 때면

진달래 내 님두
가슴 두근거리게
나를 기다리구
봄이 오면 저 언덕 너머에서
소식이 오길 기대하네…!

# 지는 석양을 맞고 있네…

지는 석양이 아름답게 물들이구
햇빛과 산 그림자
길게 선을 드리우네…!
어둠이 교차되는 저 막연함
항상 영원하진 않을 진데
눈은 시비에 얽혀
분별심을 내는구나…!

무엇이 마음에 눈을 가리우누…?
저 붉은 노을
남산에 머무는데
산빛두 붉은빛 젖어오네…
석양은 이미 산허리를 휘 감구
빠른 걸음처럼 눈에서
멀리루 달아나려 하는구나…!

골짜기 아래로
저녁연기 흐르고
산비둘기 나무새루 찾아들면

신비에 쌓인 이 작은 쉼터에
고요가 찾아오네…!
오늘 저녁엔 누가 오려는가…?
수저를 저녁에는 세 개를
놓아야지

대웅전 앞에 땅거미가
서서히 몰려오는 시간이지만
목은 산문 밖을 길게 내어 놓고
그대 오기만 기다리네…
나와 벗할 그대여…!
바람은 이미 님 소식
전하 것만
우리 언제 만나 해후하누…

# 이 적적한 산사에…

이 적적한 산사에
세상의 시름 떠내 보내구
은자루 머물려 하네…
새벽이면 도량석 울리구
다기 물 정갈하게
부처님 전 올릴 적에…
마음은 이미 깊은 사랑으로
젖어드네…!

향냄새 그윽한 이 도량에…
오늘 천지루 가득
만다라 내려 앉아
환희심 가득한 아침을 여네.
장독대 위에 쌓인 고요
동심은 숨을 쉬구…
어릴 적 내 고향 그립구나.
아직두 고향은 그리움 가득한데…

매화나무 가지마다
눈꽃이 만개하구…
파랑새는 어느 결에 오려는가…?
매화나무 가지새루
부는 바람은
봄이 멀지 않았는데…
그대의 숨결은
점점 멀어져만 가네.

# 분별심에 대한 가르침…

분별심을 낼 때에
스승은 사고에 본질을
잘 살펴봐야 된다고
생각합니다…

마음은 어둡고
기준이 흐리다면 진리에
근접할 수 없는 법…
무엇이 사구 무엇을 정이라
논 하리요.

작은 흔들림에
시비의 근원조차두
헤아리지 못한다면
그대…!
스승이라 어이하리…
이브의 속삭임에 넘어간
무리가 있다면

무엇이 숭이구
무엇이 속이겠는가…?
세상은 혼란하여 수행자 조차두
분별심을 잃었구나…!

나또한 어느 결에…
마음 한 자락 흐려진다면
정에서 본분을 잃으리니
오늘의 일을 묻겠네.

# 기다림…

시간은 봄의 언저리를 맴돌구
매화나무 가지 새로
부는 바람은 겨울의 끝을
알리나 보다.
꽃망울 이미 작은 움직임
시작되는데
그대의 마음은 어느 만큼
오구 있누…!

저 푸른 대나무
고결한 청아함이 내게는
오늘따라 정겹게 다가오네.
보고픈 그대는 바람결에
소식만 전할뿐
매화꽃 피는 시절엔
오시려는가…?
약산에 님이시여…!

해는 이미 서산으로 향하구
햇살은 대웅전 툇마루에 걸려있네
어느만큼 가야하누…?
눈가에는 엷은 물기가 번져나고
간간히 살아온 세월 뒤돌아 회상하네.
언제나 잠에서 깨어날꼬…?

# 그리움


이 고적한 쓸쓸함
아무두 없네…
대웅전 앞에 구르던 낙엽두
바람에 실려가구
또다시 적막이 마음 한 자락에
머물려는가…?
언덕위에 으악새두 부는 바람에
소시락 소시락 소리를 내네…

이맘때면 늘 마음 한구석
왜 이리두 허전한지…
허기진 마음을 채울 수가 없구나.
뒷산 높게 수리매 맴을 돌구
바람은 종없이 불어오네…
누가 이 적막한 산사에
따뜻한 소식 전하려는가…?

오늘따라 그가 보고 싶다

가두가두 기억 저편에
사랑하는 사람이 어른거리면
지금의 상처보다
연둣빛 그리움이 나를 기다리네.
보고 싶다.
어제의 기억들이 나에겐
삶의 전부인 것을…

# 산승은 툇마루에 앉아 옛일을 생각하리…

마당 한켠에 느티나무
이번 비에 싱그러움 더하네…
연둣빛 초록
어찌 저리두 곱누…!
노란 민들레 한켠에 수를 놓고
햇빛은 정겹고 물은 맑네…

지금 내가 머문 곳
이대로가 극락인데…
나와 같이할 그대는 어디에 있누…
그립구 보구 싶다.
이것이 공부라 하면 허공을 향해
그대 이름 부르리…!

산 벚꽃나무 꽃은 또다시
시절을 만나 용왕당 위에 만개하구
산승은 툇마루에 앉아
옛일을 생각하리…

나무는 기다림을 애달파 하지
아니한데…

시절이 도래하니
벌과 나비 찾는구나…!
오늘아침 저 꽃가지 새로
날갯짓 고운 새한마리 찾아왔네…
그대가 내 님이라면
바람결에 고운노래 들려주오…!

# 제 6 부

# 활법을 어디에서 찾을거나

지혜의 고리…
가을이 시작되는 만남들…
백합꽃 피는 시기에…
무애가를 부르리…
염화시중…
길을 묻는 납자여…!
슬픈 눈물 같은 마음 어이하리…
어린 시절이 그립구나…!
활법을 어디에서 찾을거나…!
고치령에서…
그리움 사무칠 때면…
이념이 다르다는 것은…

# 지혜의 고리…

저 깊고 깊은 운해의 한 자락
지는 석양을 맞구 있네…
노을빛 구름에 비추이니
현묘한 현상 일어나서
생각은 보리심에 머물구…
법열은 환희심으루 물드네..!

모두들 돌아간 빈자리
작은 법당엔 촛불이 켜지구
산승의 저녁 종송
여운이 메아리친다…
누가 있어…
이 해 저문 어스름을 같이 할꼬…?
저마다 삶의 모습 각기 달라
선인장 허리에 집을 짓는

벌집처럼…
서로가 서로를 알지 못하네…
우리 서로 마음이 통하거든
천지에 연화세계 이뤄보세…!

# 가을이 시작되는 만남들…

가을잠자리 마당에서 맴을 돕니다…
너무 빠른 날개 짓에
한참을 눈여겨보려 해두
어느새 눈에서 멀어지곤 하네요…!

대웅전 현판 옆에 둥지를 틀었던
노랑꼬리 할미새두
오늘 아침엔 한껏 자태를
뽐내고 제게 유혹을 합니다…!

산허리를 휘감는 저 뭉게구름
내 마음 포근히 내려놓으라.
하네요…
오늘 하루를 이렇게 시작하렵니다.

마당가에선 백일홍 나무
꽃 한껏 피우구
어느덧 포도 송이두 검게
물들어 갑니다…

천지의 뜨락에 가을이 깃들면
멀리 있는 님두
함께할 수 있을 런지.
오늘은 물어 보렵니다…!

님은 나를 잊었을 런지 모르지만
내겐 아픔까지두
지난 기억에 몸살을
앓곤 합니다….

# 백합꽃 피는 시기에…

긴 시간을 기다린 끝에
너는 사랑을 품는구나…!
모두들 이미 떠나간 자리
백옥 같은 순결함 지닌 채
그렇게 내게로 너는
오구 있네…!

칠월의 선물
향기 가득한 그대가…!
그 은은한 자태 뽐내며
축축한 싱그러움으루
나와 마주하네…!
님은 나를 알아보려는가…?

고개를 살포시 숙였구나.
안개 자욱한 날
그대 입술 열어
도량가득 그윽한 향기

보내오면
그대 내게 온줄 알거나…?

먼 알음알이 이전에
흰 눈 가득한데
백합꽃 향 천지에 가득하구
설산에서 님을 뵈올 때두
그리했는데…
오늘두 설레는 맘 가득하네…

# 무애가를 부르리…

빗소리 들으며 잠이 깼네.
낙수 물 소리 시절을 잊은 듯…
겨울의 깊은 자락에서
동토의 땅에 비를 뿌리누…!
오늘이 절기로는 소한인데
천지는 봄인지 가을인지.
마음을 가늠하기 어렵네…!

하늘과 땅이 불순하여
모든 중생들 혼란이 오구…
눈 속에 핀 장미가
아무리 요염하다 하여두
시절이 봄이 아닌 것을…
그대여…!
정견을 이루소서…!

눈과 비가 바뀐들 어떠하리.
미혹된 마음만 비워지면
사계가 확연하게

제 모습 나 투리니!
봄에는 진달래 피어나구
시월에는 황금빛 들판이 춤을 추네
그대여 정견을 얻었는가?
보리수 아래서 무엇을 보려하누…

사랑하는 이여!
우리 시절이 다가기전
서로 만나 감로차 한잔 나눠보세!
동녘에 먼동이 밝아오면
그대와 함께 무애가를 부르리…
함께 하시겠는가?
선자여! 깨우소서…

## 염화시중…

굵은 장대비가
인적이 끊긴 산사를 에워싸고
끝두 없이 소리를 내네…
저 빗속에 오실 님두
없으련만…

법당 옆에 도라지꽃
비를 맞고 누구를 기다리누…
해마다 이맘때면 가슴 설레게 하는
보랏빛 그리움들…
비와 함께 오구 가네…!

눈은 밖을 보고 있지만
마음은 추억의 일기장을 펼쳐보네
나를 보고 세상은 무어라 하려는가…?
마음 밖 헤아림을 끌어 내구
그 가운데 명경 같은
법 있으려니!

사유하구 사유하면
나닮은 그대 홀연히 모습 피어나구
가섭존자 그 안에서 숨을 쉬네…!
중광스님 행으로 들어 내구.
염화는 법을 묻구 있네…!

활법을 전할 때에
천하 만물이 숨을 쉬구
삶의 한 구절 그 안에 묘법이
오구 가네…
무엇이 스승인가…?

# 길을 묻는 납자여…!

구름은 천지루 자유로이
오구 가는데
운무는 골짜기 자욱하니
밀려오네.
무엇을 인연지어 일어나구
멸하는가…?
산허리를 감싸 안구 경계를
삼는구나.

구름과 운무의 모양새는
같다하나.
머무는 경계가 다르거늘
무엇을 시비루
삼구 있누…!
저기 흘러가는 뜬구름 한 조각
본처가 어드멘고
어디서 와서 어디루 가려는가…!

길을 묻는 납자여…!
만 공중에 구름과 운무를
가리거든
시비는 저절루 끈기우구
청안은 시공을 떠난다네.
한 생각 일어남과
흩어짐이 무주공처의
뜬구름 아닐런가…

# 슬픈 눈물 같은 마음 어이하리…

산신각 뒤에서 구슬피 우는
저 곡조모를 새소리
무엇이 서러워
그리두 한참을 서럽게 울어오누…
숲은 깊어 알 길 없으나
마음은 너와 내가
무엇이 다르겠누…

추녀 끝 풍경소리
크지두 작지두 않게
소리를 내는구나.
산문 밖 그대는 무슨 고뇌 있어
날 찾는가…?
낮 빛이 먹장구름 내려앉듯
우수에 잠겼어라.

세상사 일들은 잊었지만
그대 눈에 고인 눈물

무엇이라 말을 하리.
남산두 서러운지
잿빛으로 드리우네…!
시절은 서러움 토해내구
문수동자 이 일을 어이 풀어낼꼬…?

# 어린 시절이 그립구나…!

어린 시절이 그립구나.
고향집 내방에 켜 두었던
호롱불 하나.
지금은 풍경 속에나 간간이 보일뿐
아무도 알아주질 않는구나…!
천지암 용왕당 한쪽에
묵묵히 지난 세월을 담구 있네.

진한 향수 그립거든
말없이 찾아와 옛일을 생각하리.
자귀 꽃 산천에 벗이 되어
오시는 길 정겨움 더하는데.
그대와 내가 벗되어
무애가를 불러보세…!
나와 함께 할 그대는 누구인가…?

그립고 보고 싶다.
그대 이 소리 들리거든

청산에 연서를 보내소서…!
꾀꼬리 소리 서로에게
사랑가를 불러 오구
청산은 활기가 넘치는데
외로운 그대는 누굴 기다리누…!

# 활법을 어디에서 찾을거나…!

곧고 간결함만 있겠는가…?
틀어지기도 하구
능수버들처럼 휘어짐두
진여의 나 틈인 것을…
물색고운 그대여…!
아시는가…?

천지만물의 물상 속에서
바른 이치가
온 우주에 가득한데…
알고 알지 못하는
마음만 넘나드네…!
오늘 내게 달려온 물색은
안과 밖이 도를 논하는구나.

활법 가득한데
어디에서 법을 묻누…?
글줄 하나 없어도 바른 물상

꿰뚫는다면 처처에
연화세계 피어나리.
성현의 나 틈이 이리하거늘…


농사는 잘 되었는가…?
메마른 대지로 그대 숨결
느껴지나…
하늘은 절기를 모든 기운에
부합하지 아니하네.
언제나 씨 뿌리고 키워낼꼬!

# 고치령에서…

태고의 신비 감싸 안구
가는 길에 흰나비 내려와
선녀춤을 추네…
소백산 고치령
물과 산이 어울려
선계의 정취가 어우러진 곳
법을 묻고자 왔네…!

심마니 오구가구
기도처엔 선인들 간간히 오구 가네…
누군가 맑은 다기 물 올려놓구…
명산신령 청하노니…
청산은 말이 없구
닳아진 주춧돌
오구 간 흔적만 역력하네…

흰나비 허공으루
군무를 이루는데 아는 이 누구인가…?

천지만물은 두두 물물이

지혜루 나타내두

오늘 내겐

님을 마중할 길이 없구나…!

영산에 계신님이시여…!

# 그리움 사무칠 때면…

화려하던 꽃들의 향연두
이제는 멀어 지 구
화단가 붉어지는 앵두가
쓸쓸히 여름의 문턱을 알리네…
누구랑 말을 할꼬…?
기약이 없구나…!

가슴에 간직한 그 마음
천년쯤 가는 줄 알았는데…
시절이 도래하니
비와 함께 씻기 우네…
가슴에 남은 상처 눈물처럼 고이는데
무엇을 찾을거나…?

백합꽃 몽우리 피어나면
앵두나무 아래에
한 송이 바치리라…

시공을 떠난 향기 그님이 맡으리니

오구 가는 마음

느끼소서…!

# 이념이 다르다는 것은…

뜨겁고 절절했던 시간두
이념의 갈등을
넘지 못하는구나…!

무릇 가치관의 차이가
무엇인가…?
어느 하늘아래 서로의 소통이
가능한지…

빈 껍질 허상만 쫓았구나…
큰마음 전체를 위하는
대승의 길은 같으련만…

너와 나 거리가 너무 머네.
좁혀지기에는 아상이
너무 크니….

무쏘의 뿔처럼 혼자서 가리…!
저 광야를 거침없이 달려가는

무소처럼…

이 너른 대지에 생명을
잉태하는 천지의 기운처럼
그대 마음자리에
머묾이여…!

천리루 줄을 놓구
만 리에 향기 일어
출세간의 본이 되고자 하네…

# 제 7 부

# 무상이라 하네

무상이라 하네…!
고향을 그리며…
명상을 보네…!
구법을 청산에 전하구…
초파일을 맞으며…
지혜의 면목…
나타난 현상만 보려는가…?
소쩍새가 밤을 새워 우네…!
침묵의 강을 얼마나 가야 피안에 이르는지…
슬픈 눈물 같은 비가 오네…!
천하 만물이…
어느 산 어드메랴…
진달래…!

# 무상이라 하네…!

사대가 균형을 이루기 어렵구나…!
감기몸살하나 이기질 못하니
벌써 몇 날이고…?
새벽녘 노루가 울어오는 소리에
잠이 깨구 도량을 한 바퀴 돌았네.
동서남북이 칠흑 같은
어둠이 내리구
어디가 동인지 어디가 서인지…?
흐려진 심계에선
구분마저 어렵구나…!

세상은 나를 보구 스승이라 하나
입으루 여는 지혜에 익숙하니
나또한 무엇이 다르겠누….
님이시여…!
만 공중에 가득한데
오늘 내겐 바늘 들어올
틈 하나 없구나…
삼십 년 세월이 무상하기만 하네…!

내안에 기르던 흰 소
범부와 성현의 경계에 머무는데…

오늘은 내안의 씨 뿌린 농사를
점검해야겠구나…!
사대가 병이 들면 이런 것을…
천만 가지 사고가 이 안에
있으리니…
그대들 심지루 살피소서…!
생사가 어디에 있누…
바람의 끝자락에
나고 죽음 오구 가네
그대여! 아시는가…?

# 고향을 그리며…

어느 하늘 아래 머무는가!
물색 곱던 그대여…
나서 자란 곳이 아직두
눈에 선한데…
다리 밑 시멘트 기둥 밑엔
검은 붕어가 춤을 추구
물밑은 유리처럼 맑았다네…

고향집 이제는 갈 수 없어
마음속 그리움만 오구 가구
시절은 어디루 흐르는가…
철길루 달리던 그 숱한 기차들…
기차 기적소리
아직두 쟁쟁히 들리는듯한데
지금은 왜이리두 허망하누…!

처음처럼 들뜨던 그 마음들
세월 따라 잊혀지구

어느 하늘 아래
그때 그리던 벗을
만날 수 있을 거나…?
나를 아직두
사랑하시는가…?
그대여…!

# 명상을 보네…!

시계 초침소리가
깊은 정적을 깨구
새벽녘 잠을 깨우네…

사방은 칠흑같이 잠겨 있구
간간히 밤새소리
여운이 남네…

하루의 고단함
편안한 잠자리 사치일까…?
얽히구 매인 것이 잠 못 들게 하네…

나누구 쪼개면
천만 가지 일겠지만
공부는 알음알이 속을 해매이누…

삼생을 저마다 논하지만

삼라만상이 뿌리 끝에서
하나인 줄을 알게 하네…

그대 스승이여…!
어디까지 아누…
공자 맹자두 물리엔 뛰어나나
채움이 부족하구

말루 할 수 없는
억억천천의 가르침을
스승의 심지루만 전해오네…

# 구법을 청산에 전하구…

연등 빛 가득한 5월두
하나둘씩 제자리를 찾아 가구
환희심 가득한 법당엔
고요한 등불만 머무네…
이 산천을 무대루
문수동자 숨을 쉬구 영산의 법
만공 중에 가득한데…
그대는 어디에 있누…?

요동치던 구법의 시간두
잠에서 깨구나니 허상이네…
푸른 소나무 허공 달을
끌어 안구
산승의 마음두 무대 위루 오르는데…
이미 저 무심한 달빛은
산허리를 넘고 있네…!
누가 이 영산의 묘법 전할거나…

어제 모인 대중이여…

흔들림이 없겠는가…?

깊은 심안에 피안에 이르는 길

주장자 없이 전했건만

작은 말에두 의심이 이네…

모인 대중두 천이요

듣는 귀두 천인데

허공중에 듣는 이 누구인가…?

# 초파일을 맞으며…

빈자의 등…!
가난한 그대가
편히 마음을 내려놓을 수 있는
높지두 낮지두 않은 자리에
문을 열구 님을 맞으리니…
온 세상 처처에 힘들구
어지러움 다 내려놓구
마음의 정화 찾아
법당 가운데 불 밝히리…
이것이 빈자의 염원이니

오늘의 연등
님을 위한 평등의 자리라네.
현생의 공덕 미치지 못했다 해두
지은 공덕 그대의 자손이
받으리니 힘내시길
기도하리….
공든 탑은 시공을 떠나 안주하니
세세생생 빈자의 등 꺼지지

않는다네…!

이것이 일체중생의
귀의 할 마음이라네…
부자의 등두 빈자의 등두
내게는 모두가 하나이니
그대를 위한 법의 자리
오늘 청정히 맑혀 님을 기다리네…
하늘은 잠잠하구 녹음은 우거져서
새들두 찾아들어
대웅전 현판 옆에 둥지 틀구
매일매일 법문을 듣는다네…

# 지혜의 면목…

하늘은 잔잔하구
녹음은 우거졌네…
들녘의 적막했던 빈 자리두
하나둘씩 생기가 넘치는데
오구 가는 길손들
낮 빛이 무겁기만 하누…

언제 한번 그대와 웃어볼꼬…?
내 마음 영산에 오구 갈제
녹수는 명경 같구
심상은 청아했네…!
아직두 님을 향한 그 마음
청정한 그대로인데…
이미 머리엔 서리가 내렸구나…!

간간히 법을 묻고자
목마름에 오는 그대에게
뜻 모를 천지의 심지만 전할뿐…

언전에 나타난 법

천지에 가득하네…

용왕당 물빛 아직두 청아한데…!

# 나타난 현상만 보려는가…?

하늘가득 소용돌이치는
저 바람 어디서 오누?
봄두 저만치 멀어지는데
청산은 힘겨워 소리를 내네…
상수리나무 힘겨운 춤을 추구
소나무는 소리 내어 우는구나…!
자연의 도리를
무엇으루 설명하리…

천지가 온통 술렁이네.
나타난 현상만 보려는가…?
이 한울타리 속에
만 가지 상을 담구 있네…
근본은 그대루이나
나타난 허상은 시절을 견디기
힘들어하네…!
마음은 평정심을 얻기가 어렵구나…

어찌 정각을 이루겠누…
저 바람 자구나면
녹수두 제 모습 찾으려나…?
고요하구 고요하면
노을 진 들녘에서
무애가를 부르리…
그대여 같이 할거나…!
저 바람 자구나면…

# 소쩍새가 밤을 새워 우네…!

소쩍새가 밤을 새워 우네…
달빛은 요요한데
저 눔의 새 애달픈 내 심사와
무엇이 다르겠누…!
또다시 산문을 빗장을 쳐야 하나…?
귀신두 넘나들지 못하도록
밝은 무쇠 솥에 끓는 물 같구나…

모두가 선사요
모두가 스승인데 정작 귀의할
그대는 어디에 있누…
마음을 나눌 이 누구인가…
그리운 당신두 물색이 바래가네.
저 울어오는 소쩍새처럼…
그대가 그립구나…!

홀로 가는 이 길이
호젓하지만은 않네…!

아랫녘 소식은
제왕의 소식 어디에두 없구나…
천년의 학일지언정
운무아래 돌아보지
아니하려 하네…!

# 침묵의 강을 얼마나 가야 피안에 이를는지…

침묵의 강을
얼마나 가야 피안에 이를 런지…
수천만억 유정무정들이
나고 스러짐 눈을 감아두
명경처럼 드러나니…

현상계에 나타난 묘법이
그대로 법이거늘…
현자는 일정한 틀이 없네…!
동문과 남문과 서문북문을
다 둘러봐도 적 적요요하니…

출가사문이여!
글줄에 메이질 않길 바람이라네…
님이 오신 사월이
연화의 바람은 일었지만
명경 같은 그대는 어디에 있누…?

저 흐르는 침묵의 강에
팔만사천법문을 담그려 하네…
또다시 그 시절 오구 간다면
한가로이 소등에 앉아
피리를 부르리라…!

# 슬픈 눈물 같은 비가 오네…!

슬픈 눈물 같은 비가 오네!
걷잡을 새 없이 살아온
격랑의 세월…
얼마나 기쁜 일 있었던가…?
천지를 둘러봐두 모두가 허허롭네…
지수화풍에 둘러싸인 채
물처럼 바람처럼 살지를 못했구나…!

아직 밤은 깊은데
비우 새 한 마리 처량하게두 우네…
어찌 저리두 애달픈지…
외롭게 저 홀로 울어오누…
산승은 그저 들어줄 뿐
말을 잊은 지 오래이네…!
마음은 이미 그대와 함께거늘
류가 달라 서로 알아보지 못하누나…

또다시 억겁의 세월이 가구나면
내 그대의 자리에 서서
슬픈 노래 부르리….
지금 우는 비우 새처럼
목 놓아 우리….
천지의 물색이 그리움 가득하면
먼 길 떠난 뻐꾸기 소식 오려는가…?

# 천하 만물이…

천하 만물이 생각을 품어 내구
가지가지의 현상이
법계에 가득한데…
무엇을 도라 이르겠는가…?
현자의 생각 또한 그러하거늘
이치를 논하자면
백발이 성성해두 못 다할 것을
한순간 천지의 분별로
우주를 논하네…!

낡은 옷 묵은 연륜은
가르침을 뜻하나
만상의 생각을 읽는다면
과거의 묵은 틀 따윈
안중에 없네…!
학인은 무엇을 논하는가…?
그대들 내게 와서
과거세의 인과를 논하지만

현생에 만남을
사계로 노래하네…


근원을 바로 본다면
미래의 지혜 또한 열리리니
남산의 명월은
서산으로 기울구
새벽녘 동쪽 하늘 붉은빛
선자를 깨우려 하네…!
주장자 높이든 선객이여…!
천지의 법 설하소서…
만 가지 경계가 처처루 나 투리니…

# 어느 산 어드메랴…

어느 산 어드메랴!
골 깊구 물 맑은 곳이…
이 풍진 세상에
잠시 마음 쉬어가면 좋으련만
어찌 그리두 힘이 드누…!
눈은 멀어 근원을 알지 못하구
물빛 청아한 청산을
그 누가 바루 보랴…

숙생에 지은 빚
가시밭길 가는 그대여…!
삶의 무게 얼마런지…
저 청산에 푸른 솔
무쇠바람 견딘지 얼마인가…?
가지마다 바람을 이었구나!
만산에 백설이 몰아쳐두
저 홀로 푸른빛 가득하네…!

노사의 게송에
물빛은 청아하나
어느 하 세월에 석류는 익어갈꼬…?
남산에 청매는 지혜를 머금는데
저 아래 그리움은
운무에 잠겼어라…!
주장자 높이든 선객이여!
누굴 기다리시는가…?

# 진달래…!

버들가지에도
연두 빛 봄은 오고 진달래꽃
산허리에 님을 부르는데!
설레이던 그리움은
누구를 향함인가…!

오지 않을 님을 그리기에…
이봄이 더욱더
시리기만 하네!
강산이 변해가고 보랏빛
추억도 메아리만 남기는가!

그대 없는 이 자리
서둘러 옷깃을 여미지만
상처받은 영혼은
아직도 그댈 못 잊어하네…!

아! 그대
진달래 내님이여…!
붉은빛 수줍음으로 피어나는가…!